龚财荣 著

沧江民族诗韵·学子言

老师文墨书好诗 学生名字化诗雨

你的名字是我最美的诗

云南大学出版社
YUNNAN UNIVERSITY PRESS

沧江民族诗韵·学子言

龚财荣 著

图书在版编目（CIP）数据

沧江民族诗韵. 学子言 / 龚财荣著. -- 昆明 : 云南大学出版社, 2019
ISBN 978-7-5482-3794-5

Ⅰ. ①沧… Ⅱ. ①龚… Ⅲ. ①诗集－中国－当代
Ⅳ. ①I227

中国版本图书馆CIP数据核字(2019)第210688号

策划编辑：万 斌
责任编辑：万 斌
手绘插画：张 立
封面设计：王婳一

出版发行：云南大学出版社
印　　装：昆明理煌印务有限公司
开　　本：889mm×1194mm 1/32
印　　张：4.5
字　　数：93千
版　　次：2019年12月第1版
印　　次：2019年12月第1次印刷
书　　号：ISBN 978-7-5482-3794-5
定　　价：29.00元

地　　址：昆明市一二一大街182号（云南大学东陆校区英华园内）
邮　　编：650091
电　　话：（0871）65033244 65031071
E－mail：market@ynup.com

本书若有印装质量问题，请与印厂联系调换，联系电话：0871-64167045。

目　录

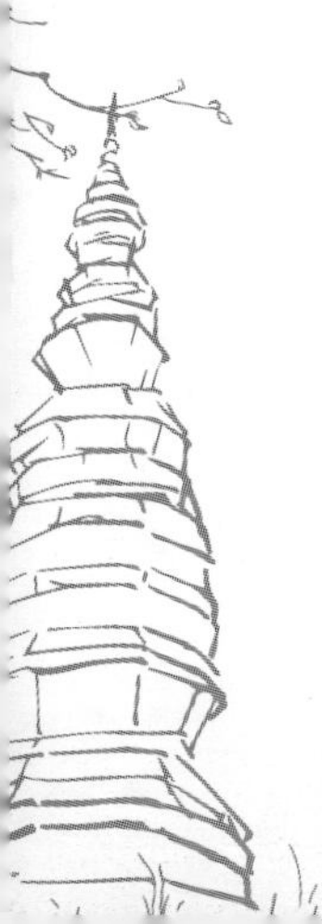

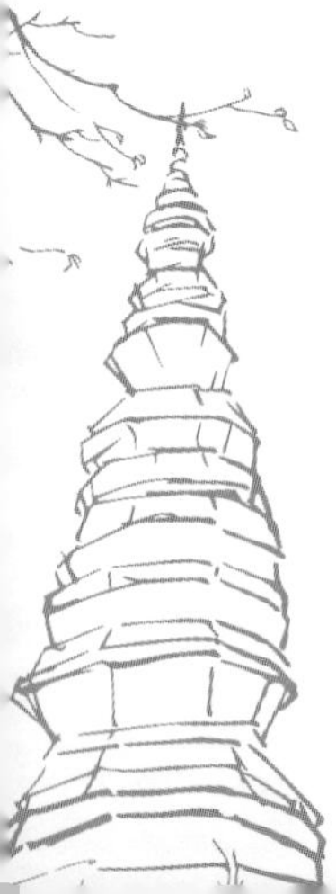

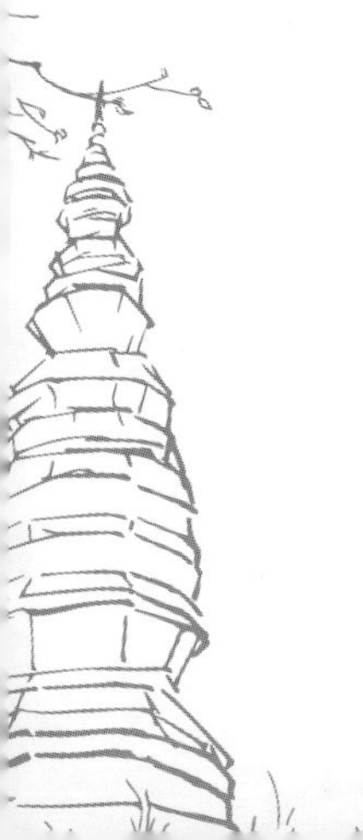

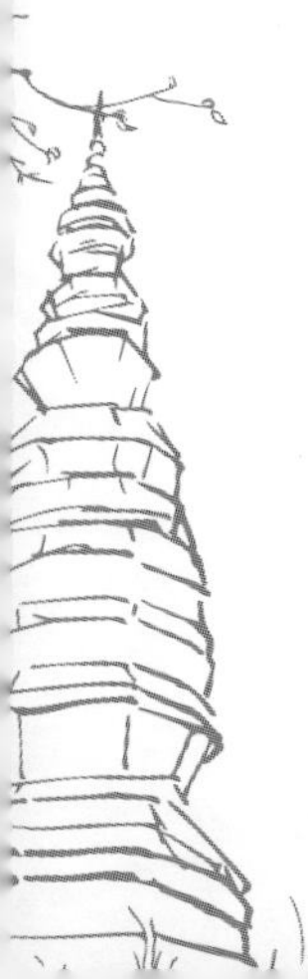

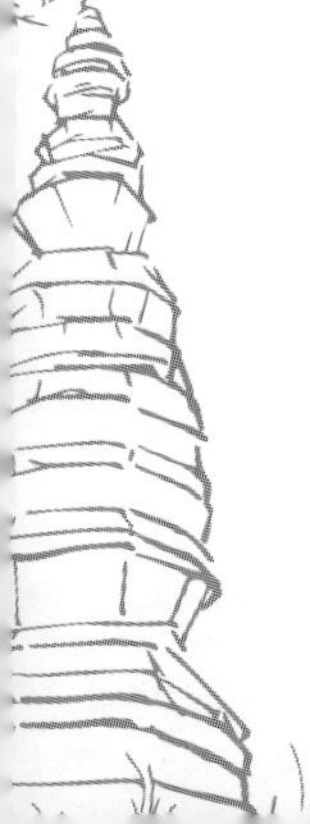

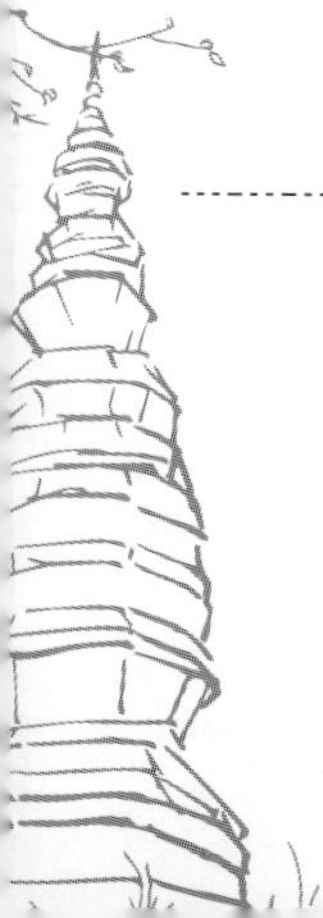

卷首语

诗语人生

人有心境，诗化意境。

诗歌物境美、情境美、意境美、心境美，是心灵之作、灵魂之声、价值之美。

优秀传统文化承载历史、支撑精神、传承价值、引领人生。就我而言，人生有三大乐事：读书、教书、写书。相信最好的作品是自己内心最好的表白。

心中有梦想，脚下有力量。从小到大，我被李白、毛泽东等浓墨重彩、千古流芳的诗词佳作所感染。开始读诗，渐渐爱诗，慢慢写诗，愿成为诗人，有自己意象亲切、意脉流畅、意境自然、音律精美的诗作。盼从艺术创造的意念到追求诗歌人生的实践，更有了“心成一事老还乡”的奋斗目标。

把握好机遇，助力新愿景。从小到大，我为中华文化的理念、智慧、气度、神韵所吸引。愿新时代能更好地弘扬、传承、发展中华优秀传统文化。为积极响应推进中国特色社会主义文化繁荣发展的号召，结合自身工作生活实际，我整理出人生第一部诗集——《学子言》。《学子言》注重文化传承，践行文化创新，以《诗语人生》为卷首语，诗文部分细分为“民风雅韵、校园诗语、乡村即景、抒怀情吟、一诗一品、学子心语，趣味笔谈”七个模块，以《奋进之笔》为结语。书中将100余名学子姓名化为100余首诗语，其中30%为少数民族学生名字的诗作，体现着民族团结一家亲的美好祝福，更彰显了“党的光辉照边疆，边疆人民心向党”的美好愿景。

手握奋进笔，画好同心圆。今天，我带了三年的学子将走出校园，开启新的征程，开辟新的人生路，造福一乡百姓，故编《学子言》诗集相赠，旨在引导各位学子“立德树人向未来，好好读书为明天”。愿各位学子饱读诗书，纯净心灵，人人成才，人人出彩；盼各位学子安心读书，终身学习，懂得感恩，学会奉献，心静悠然，礼赞时代；望各位学子弘扬爱国奋斗精神，建功立业新时代。

龚财荣

2019年8月5日

民风雅韵

春进傣乡

万朵花芳俸家院，一席佳酿醉心房。

轻歌曼舞添新庆，能者妙曲慧锦章。

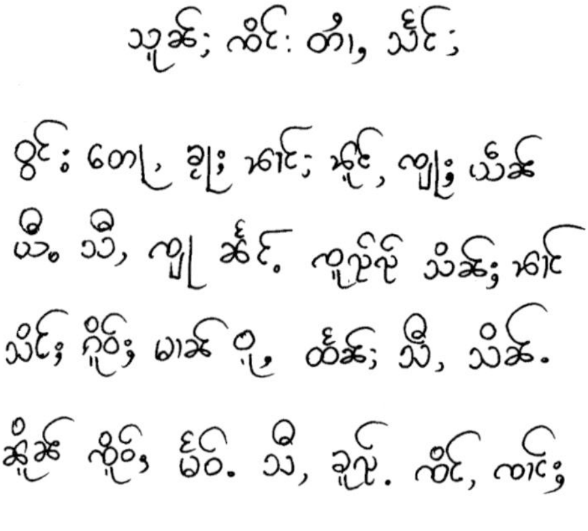

摇　沙

天禄宝坊仙客居，茗山品月俸廉贤。

百年翰墨慧能咏，万里书香好善缘。

[illegible]

[illegible]

[illegible]

[illegible]

[illegible]

乡　园

白鹭青松立远堤，樱花满志日光黎。

遥知梓里多芳草，更现芦芽伴水栖。

[illegible]

[illegible]

[illegible]

[illegible]

[illegible]

清荷居小憩

古巷清河耀碧波，湖池翠柳更婆娑。

廊桥紫陌游人驻，杏苑桃园打啸歌。

[illegible]

[illegible]

[illegible]

[illegible]

[illegible]

竹语居

湖开画卷清荷雨，月满杨村韦美桐。

万里青云迎凯梦，一曲鸿雁醉怡容。

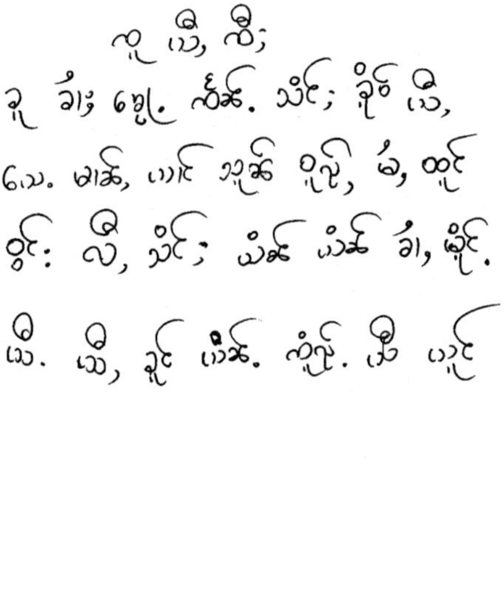

李园春色

候鸟归家抖金羽，百花微笑嫩叶间。

灵山秀水加诗意，翰墨华章现笔仙。

လီႇ ယိၼ်း သူၼ်ႈ ၸိူဝ်ႉ

ၼူၵ်ႉ ၼၵ်ႇ ၵိုၼ်ႈ ၵျႃႈ ထူဝ်ႇ ၶိၼ်ႈ ယီႇ

ပႃႇ ၶွႆႈ ၵုင်ႈ သိၼ်ႉ ၼိူၼ်ႊ ယေး ၶိၼ်ႈ

ၼိူင် သၢင်ႈ သိဝ်ႉ ၵူၼ်ႇ ၵျႃႈ ၵိုဝ်ႈ ယီႊ

ၶၢၼ် မေႃႉ ၶေႃ လၢင်ႈ သိၼ်ႊ ပီႇ သိၼ်ႈ

文书苑

高山景瑞数花枝，雁信逗情题好诗。

灯下漫文抒故语，黄竹刻画忆心知。

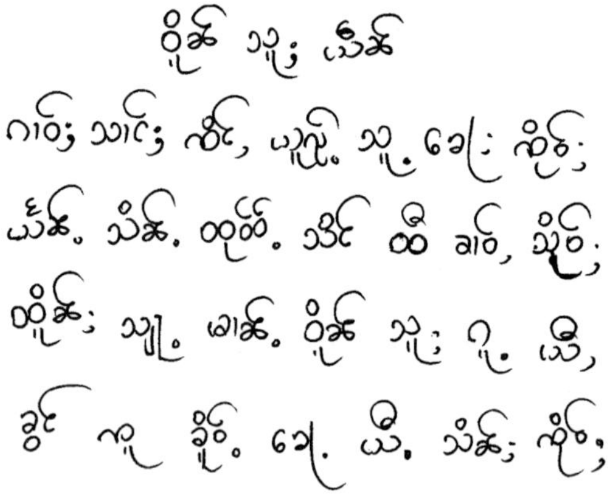

小村小景

陈居幽径处，花蕊染石苔。

春燕舒安乐，银莲舞袖开。

山 村

瓜田邻翠柳，溪水送清凉。

桃李花正艳，燕飞绕杏梁。

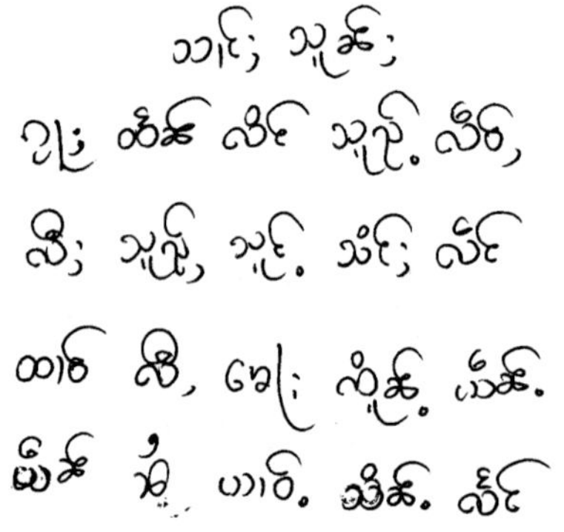

春　曲

春风拂翠柳，蜂蝶嗅芬芳。

布谷声声叫，农家播种忙。

景　葶

晨鸟鸣声瑞，春光紫气黏。

祥云飞彩画，乡野风犹甜。

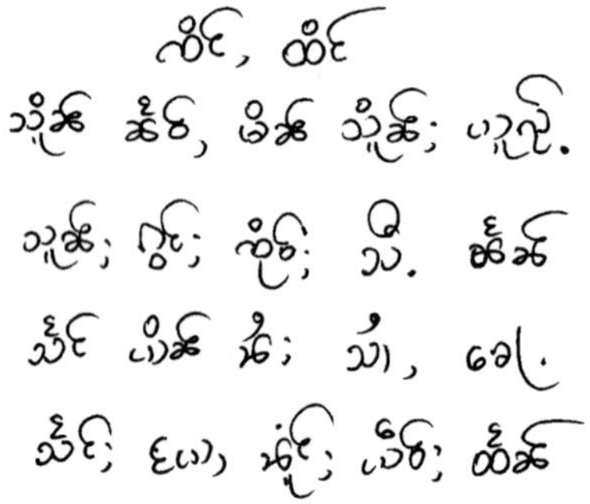

少华赞

李芽春自好，兰草曼园芬。

文苑飘香客，琴棋落玉人。

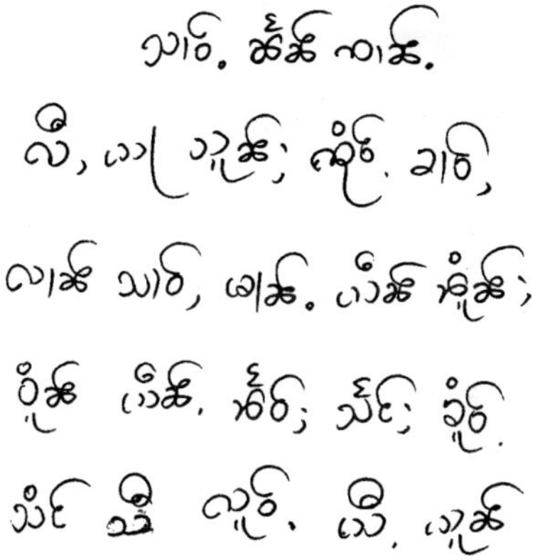

兰溪行

扇书提笔淑穆语，亭曦月贝杨柳青。

蝶兰艳果舒两畔，龙航净水漫池蜒。

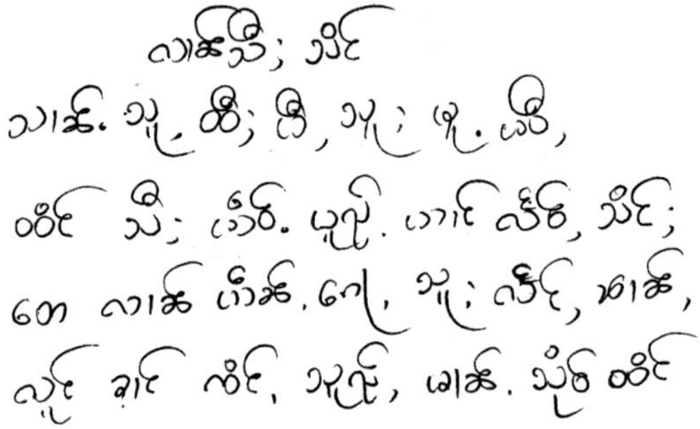

满堂园

杨柳飘絮鸟心语，彩蝶漫舞花无言。

风摇藻影丽人笑，灯照女神现玉颜。

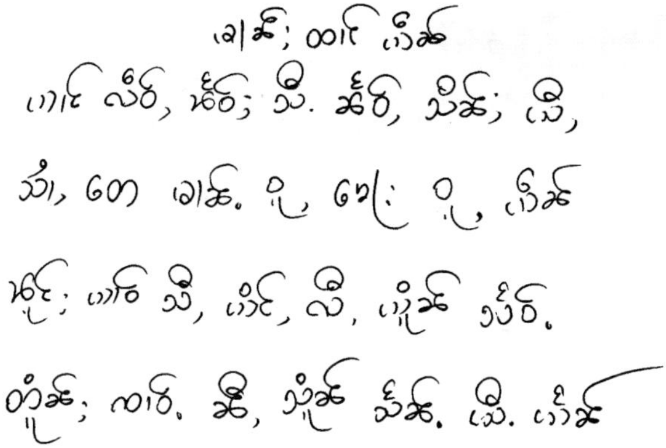

游玉龙湖感赋

春水一湖何明意？灵蝶数九宿花枝。

清茶书画迷仙客，春夏秋冬笑我诗。

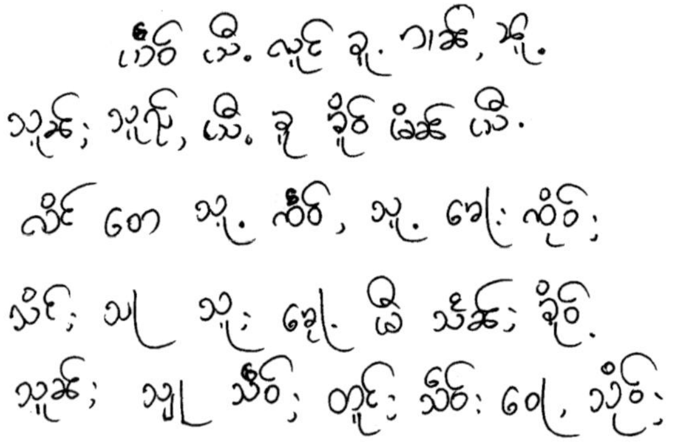

行　山

古筝明誉润芳草，奇峭李生蔚卷荷。

静静衣裳添净水，幽幽兰谷现君德。

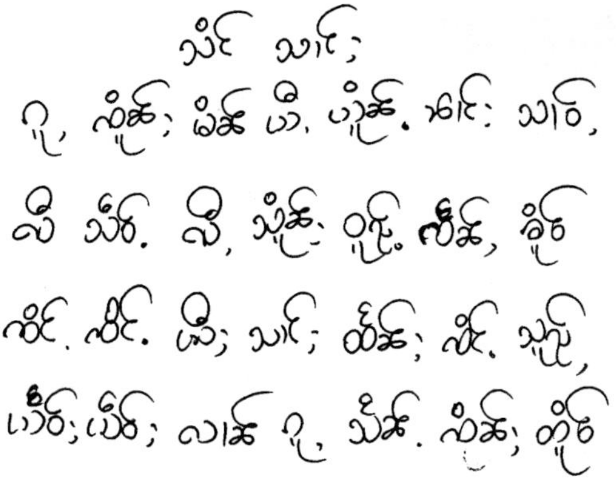

无 题

古学书画承文化，龙舞蝶翎翰墨浓。

罗勇好吟安泰乐，还乡依旧笑青松。

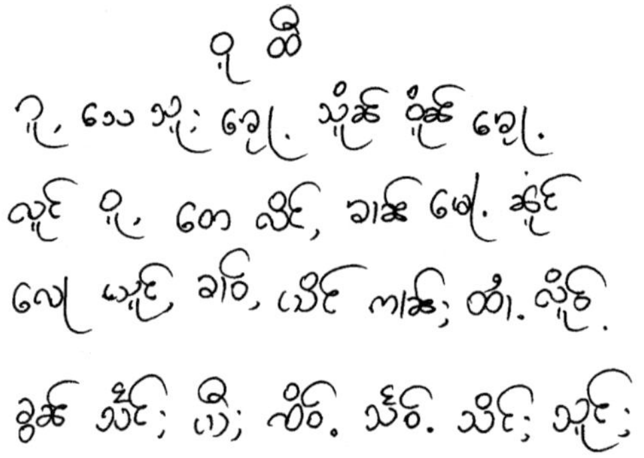

小　巷

一路繁花春斗艳，李斌小舍抚清弦。

龄童妙女翩翩舞，素女潮郎约景甜。

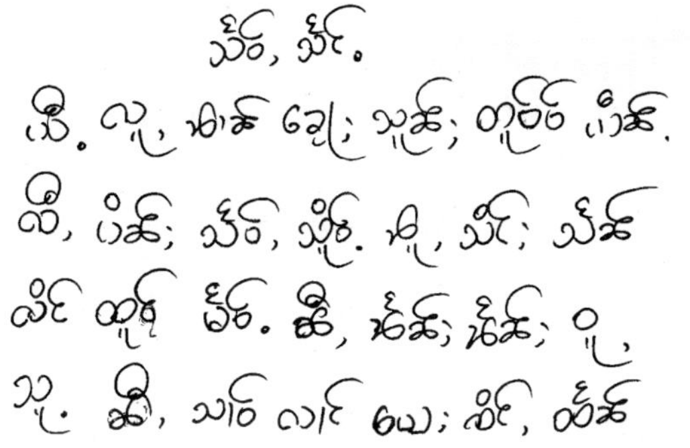

乡　行

小苑山林细雨霏，黄蝶沿岸路人归。

赵家妙女欢心笑，青亩赢粮满径飞。

[illegible]

[illegible]

[illegible]

[illegible]

[illegible]

荷　田

扇叶摇风池畔乐，杨竹歌舞碧云涛。

蜻蜓逐水醉青玉，鱼鸟共戏莲藕瑶。

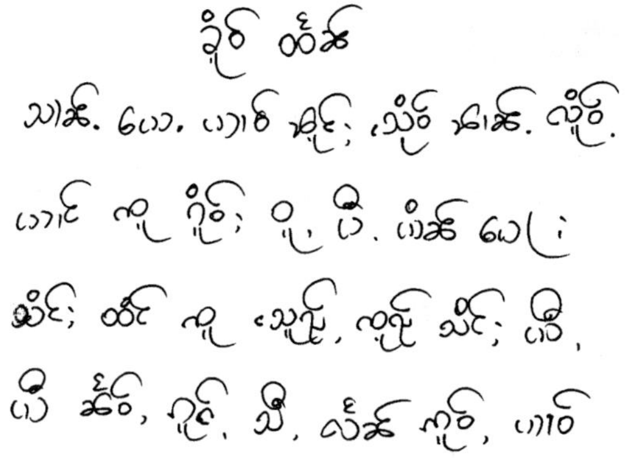

游旗山有感

百花争闹蜂蝶舞，玉带缠松艳彩虹。

紫气东来开乐境，李园雨后韵洁容。

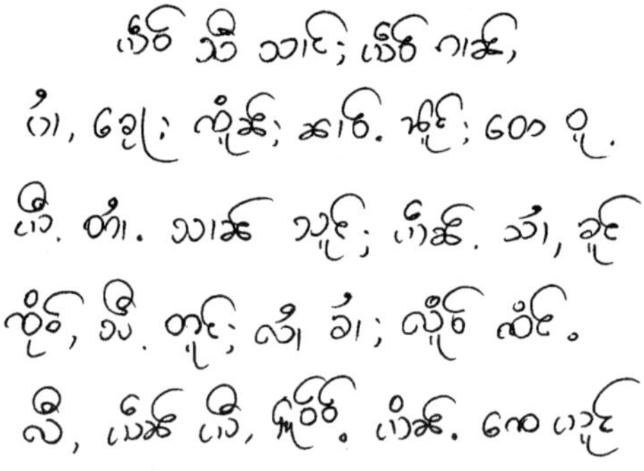

惜　缘

松塔迎财龚子语，杨亭刘韵寄先诗。

漫天星宿瑞吉梦，荣杏会来一传奇。

[illegible]

[illegible]
[illegible]
[illegible]
[illegible]

注：本书由俸慧能同学书写傣族文字。

[illegible]

校园诗语

学子言

百泉悠婉好青云，子瑞淡然名利间。

我有同学知古训，书生无剑易安言。

劝学·言志

我郎生晓少年志，意气风发抒华章。

财禄置身空无影，心成一事老还乡。

劝学·心语

三尺瑶台育桃李，一丝烛影向将来。

好学为尔青春梦，立志树人贤路开。

劝学·愿景

少府有高志，丹心夙夜公。

正书富民祉，家乐更繁荣。

忆同学

海天梦想少年游，饱览诗书笃志章。

空谷无忧骋先后，一张席地话情长。

同学情

杏苑贤言好寄音，出双入对话心田。

临城同会书乡客，月影攻读立志坚。

回母校感怀

窗外露珠萱草树，广场少小悦胡杨。

校园学子聚希望，富灿清思铸华章。

求　学

好景耀东乡，男儿志气扬。

郑晶天使梦，忠孝永安邦。

送别·生友

晴天辞列伟，泪洒岗徐门。
行者多康乐，同心为庶民。

忆同窗

成益寄情谊，暖风醉竹雨。
谁知春水闲，明礼念罗语。

念学友

三载共研习，一程欢笑多。
林泉思赵昱，旭日暖心窝。

忆

学友今何事？月竹怀往昔。
童声随耳畔，承志美当时。

忆少年

田头锄地诵诗书，山里采茶功课习。
万卷古籍寻好技，为民福业在桃溪。

好学吟

少年学子读书事，田野锄禾背古诗。
常愿同桌豪雅语，李林春梦爱民时。

赞卫校队友

足下传球竞技场，绿茵十胜谢前锋。

凌空扑射心相印，明日荣冠上玉峰。

校园春色

怡悦赏红云，甘泉韵瑞莲。

同窗抒往事，点赞邵东闲。

校园赞歌

桃李秀三枝，读书真致楼。

容颜清似玉，文墨少年游。

校园春色

兰芽嵌墨竹，芳草舞蝶衣。

月露花枝笑，雨中读好诗。

乡村印景

故　乡

瓜田春絮静，桃李夜来香。

溪水村间过，燕儿百里翔。

梦　乡

泉山碧叶锦花纹，万里高天举彩云。

草帽贤农闻妙语，石间流水镜中鳞。

候鸟居

堂草东来客，云牙落日辉。

孙山累硕果，青木桂枝薇。

杨家凡客观荷塘

水镜涟漪娟好舞，红莲荣秀品茗香。

虹楼灵鸟彩云缀，巧渡胡船少女郎。

沧江亭

青鸟弄飞花，红蜓醉画鱼。

杨凡文兴起，抚景咏诗语。

杨林清溪好晶莹

一轮红日映乡田，七彩祥云四时景。

千乘千文觅胜缘，十年十客久留影。

灵沙水

远眺幽林沙草地，漫坡泉瀑与天通。

一花一树卢乡画，古洞古岩云水中。

春雨·望山

小筑艳红妆，周郎绿绮芗。

光曦歌报晓，暖室贺梅香。

十里谷

花鸟欲争抒，春芽碧叶竹。

倾听溪水乐，风动锦云舒。

登立景阁

密林深处展层云，楼榭华亭喜鹊知。

淳朴俸茹开画境，峰峦祺祺妙芗依。

冬游西山

身处密林间，琳昕听鸟鸣。

微风落香草，松子地高情。

东山行

阳光雾雨竟西村，康乐小庭新酒香。

别致楼阁添好景，欣罗一笑凤来翔。

赞杨村

三春童叟舞莲塘，坐对微风草带香。

少小梦游星月里，半屋灯火定其祥。

山里人家

十年紫气邦东升，一二竹桌盛五谷。

日艳红花张画图，田间候鸟斗金粟。

乡　园

白鹭依竹招远客，遍山桃李果盈枝。

石间清露润芳草，唯现芦花伴景栖。

江边人家

玉水旋光涉远波，旗山清韵报春晓。

青衫细语舒佳人，宜纸一张秀俊鸟。

新村情

邀月同怀一饮酒，觅花共艳两乡泉。

鸳鸯劲舞腾欢慰，红袖添香晓镜荃。

稻花香

日照青禾赏鹭飞，月洒田洼醉翁鸣。

金带素玉相岩磨，龙竹摇沙赋周情。

杏村即景

清露喜儒客，红莲献瑞开。

杜郎诗酒韵，文礼暗香来。

小雅采芹

虹影落河田，青珠润草鲜。

李村鳞亚笑，吟唱美莲间。

山村即景

春日新芽笑，淳风百卉荣。
舞曲竹律乐，仙子绘英雄。

过董家陂

原畴豌豆保怀业，漫野烤烟繁富金。
瓜果飘香添百和，新房拔地五福欣。

新村吟

开怀饮佳酿，李子满泉溪。

繁绣有新意，一诗绘传奇。

乡韵小竹

日光晨雾润文竹，桥孔清泉鸟绕松。

明月繁花李林艳，高山妙曲牧羊童。

荷　田

妙音雾里摇轻浪，玉露幻形莲叶间。

风动翠屏花竞笑，蜻蜓惜景戏鱼闲。

过清河

撑伞护桑妮子乐，霞光流彩照陈庄。

黄花蝶戏温儿梦，诗礼文书著华章。

行　乡

小苑洛溪生干雨，碧竹摇滟唤人回。

杨村妙女戏嬉笑，虹影仙蝶马上催。

清怡小院

绿玉漾红莲，清溪渡纸船。

民风淳日月，歌舞醉鱼欢。

玉湖春色

海棠桃李扮，林鸟品茶香。

好景迎杰客，青云喜气翔。

乡　情

青桂含珠花细语，红桃映日露银宣。

白衣少女歌蒿艾，紫气迎祥周世传。

抒怀情吟

儿

一闻啼唤倚生始，九难成人夙夜公。

财禄置身空对影，但求天下子安荣。

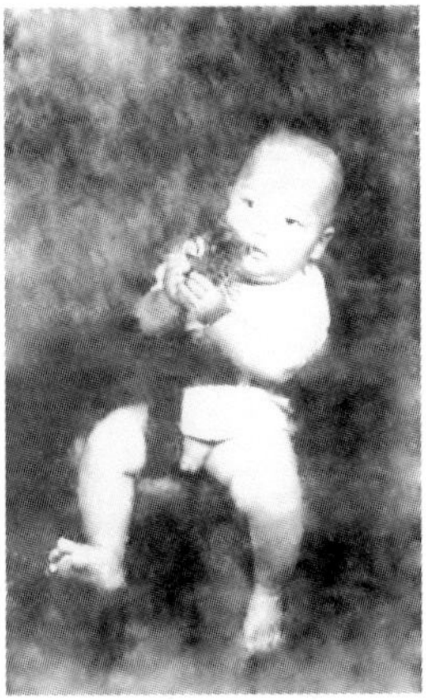

灵山行

强子弄文桃李梦，兰花闲日画碟游。

路人笑语今时好，元亨利贞来世优。

春　韵

闻香踏绿鸟声悦，如景似仙波毕园。

醉墨听心建媛梦，飘遥妙女玉花莲。

念乡恩

杨艳小环一品花，金橘孝母蕴常伦。

修得好艺来行善，文墨恩施喻旨魂。

回乡偶感

苍耳栖岩百炼坚，桃笺文士李清闲。

田园喜气加年好，致富家强诗草鲜。

归故里

百花斗艳茶满枝，一席山菜沧江清。

月下祝酒抒往事，来日还乡报君恩。

赞诗协

七言绝句笔生韵，学府仁人独重情。

一卷诗花留典史，不负青春岁月铭。

行山子·心语

灵山秀水映苏雅，紫玉锦鳞诗煜景。

素净翰学抒华章，安平清乐誉霏影。

无　题

南河闲乐夹风雨，三梦龙泉幻古今。

若水有莲宜晚景，灵光奏瑞穆清尘。

云香阁记

灵沙水畔居仙客，若谷清堂咏善芳。

艺苑香阁诗墨画，郭乡文化好风扬。

游玉龙湖有感

李花幽径芳，涛水绿波痕。

一景君独赏，空心虞美人。

南汀愿景

线上传情有神韵，以文化育存光远。

九州玄域一骑清，五岳恒春三圣眷。

回乡偶感

梅雨纷纷裹赭衣，微风瑟瑟空心梦。

墨竹潋翠延桥楼，牛耳沐猱自笑影。

梦　乡

泉山碧叶锦花纹，万里晴天举彩云。

草帽贤农闻妙语，波光潋滟野耕耘。

感　怀

松塔墨池题好诗，徐亭留韵写传奇。

漫天星宿抒心语，立志树人桃李枝。

西河游

清景依飘絮，彩蝶花中游。

倾听溪水乐，闭目抚仙楼。

赞东山

古松屹峙两千年，竹笋立岩心更坚，

热血男儿行好事，何知万象映新颜?

念　郎

岁月催吾一日老，芳华似梦喜青年。

欲求汝辈正怀古，生有丹心清润廉。

荷塘思

风挑页屏随筱韵，莲花微放绕余苑。

青春做伴好蝶翎，凝净聚魂刘纪元。

感　怀

李墨颂尧诗咏语，典籍成册筑家花。

怡然一笑探学海，荣获儒冠惜物华。

清风志

李树寒秋枝甚韧，玉竹春社叶宜香。
家塾龄梦话诗雨，尧帝亲民日月祥。

清兰志

红心娇子贵，沧耳蕊珠情。
辰凤千年愿，华章施建明。

感　怀

今雨文杰还戏梦，随心茶饮乐池中。

闻君念念诗书语，闲画何愁东宛容。

细雨带风

伞下丽人舒指笑，青丝飘逸醉怡容。

同窗奋进杨蝶影，雾雨旗山忆念鸿。

写作感怀

诗涌心头添雅兴，文章古事思甚远。

子宏刘览画中花，志在长安一笑脸。

感　事

鸡唱青石上，问学何善知？

明儿多睿智，喜燕入家时。

相　约

杨家池塘莲先艳，雨中漫步好作诗。

双蝶怜花入画屏，今生欣然共心知。

沧江韵

花树沿途溪水净，轻舟巧渡鲤鱼停。

林间青鸟斗歌语，草地龄童弄蝉鸣。

再游茶文化风情园

百鸟秀眉芳草静，花开四季沐青山。

民风民乐民俗道，新米新茶新谷泉。

踏　青

八面春风茶王事，十方青草彩蝶飞。

院门细数落花响，杨絮芬芬远亲回。

悟

半百年华逝，光阴留好情。

愿儿安泰乐，杨启赢佳茗。

重阳节感怀

秋香谷满仓，讴歌夕阳红。

文书刻忠名，愿化万年松。

一诗一品

贺云南省诗词学会七代会

三月春城喜，贤才展雅篇。

诗书播大爱，古律谱和弦。

赞临翔区文艺座谈会

美丽之城盛会开，文人代表谏书来。

旗山玉带韵佳景，艺树琼花喜满怀。

惜　缘

龚室存珍物，杨方木会荣。

小财先宿诺，愿化万年松。

秋　言

凤岭红裳应晚霞，山间小筑月随客。

淡清张柳不平音，坐化坚石逍雅乐。

顺宁文兮

一品滇红倾美酒，九州来客陆师英。

香竹茶王秀茹月，沧耳之优云始盈。

滇红山庄

小诗歌凤庆，高举赵登科。

舞动醉乡律，笑颜今爱河。

寄友好如歌

昆临文图驻市城，艳玲翰墨妙书征。

西廊佳景金山库，皓彩千秋创业成。

瑞锦存根咏徐客，玉茗清梦好前程。

书香唐舍一辉耀，青志熊军卫建丞。

春风许语

白衣行正气，天使义方真。

奉事十余载，清风教世仁。

赞临城

松下百花韵，甘棠吐艳芳。

旗山观仙境，玉水碧莲芗。

茶马古道行吟

远致深林幽雅客，细溪叶露弄云波。

牧童骑马一曲妙，七彩霞光笑满坡。

无　题

小径舞罗锦，文书耀杏林。

乾坤天使梦，福禄送知音。

邦东行吟

雨后青山秀，春播野稻香。

腾云嵌虹影，百鸟舞沧江。

楠　园

黄花入梦春光醉，霓雾倩妆歌舞台。

四季兰芬游客赞，八方友好喜心怀。

致普永镇

日影兰山观百景，夜听蛙闹溪流乐。

灯烛漫笔润诗章，梦境少年呈皎月。

故澜珊

晓纪亭阁听水乐，落樱飞鸟对开鱼。

东方雅韵倾如画，四海馨香玉有瑜。

小景怡人

林间蟋蟀婉约多，灯下海棠飘素影。

学府路隅累硕才，吴村李墨雪婷景。

无　题

岁月怀来少年志，青云一片现丹心。

浩居鹭羽归杨树，田稼老翁曲好音。

黄梅映心

满空白雪装银地，冷艳仙蝶傲朔风。

红伞清叶映阿妹，醉心入境影尘缨。

月　季

佳人第次芬，花蕊惠晶莹。

亭榭抒诗梦，玉楼杨墨兴。

小雨红莲

千雉化灵珠，莲花韵宝怡。

微风欣李叶，蜻蜊醉红衣。

翠　竹

清妙雅洁茹玉叶，冬风染雪更仙骨。

豪情抒尽世苍穹，独爱杨村满瑞祝。

偶　景

彩云流域峰，碧玉韵苍穹。

灵镜睢虹影，杨竹醉草荣。

踏　青

桑子舒渐高，小妮拂画桥。

青山赏云景，摇笔醉陈谣。

偶　景

王会跃清溪，朱颜滚雨珠。

月中桃柳媚，楼子水云图。

馨璐瑶

一房星象惜光月，卫士凡仙谢友人。

草色长青延好叶，灵云郭邑化轻尘。

杏香吟

周菀繁华四时艳，小桥杏酒千家喜。

团虞诗雨经传名，好梦星辰惜客礼。

回乡偶感

清景数文雅，路遥云凤翔。
空山溪小乐，幽谷默兰芳。

行香子

十里青禾正画图，一天春色百花馨。
吟诗弄月潜临影，禹迹留得卫健心。

春　曲

春风拂翠竹，花鸟欲争抒。
鸪鸪声声叫，农家稻苗芗。

镜　夜

晓夕洒画竹，明月潜临影。
良友布帛莹，空山悠正兴。

无　题

十里花开添草健，一朝天墨善心行。

欲尘东旭征途阔，鲁道幽居不朽名。

蒋家小筑

小雨红莲笑梦溪，石蓝乡间赏蝶临。

洪山双翼天福苑，对弈闲谈古至今。

刘家荷塘

青草依荷叶，群蝶治美谭。

淑然摇纸扇，言诵巧随船。

致廖丕玺

卫校求知诗乐礼，仁德清正喜延年。

生来奉献医疗业，亲和行学好景甜。

致杨国龙

少小书生志，丹心夙夜公。

杏林施大爱，诗语韵苍穹。

致雷发腾

南山画卷景无边，学府吟诗好奋行。

室友双贤登仕路，同门一志业待兴。

东山情

此里小庭来雅客，顺心拉木苦留香。

随鸾展翅双飞翼，一画繁星汇羽翔。

春　曲

小草玉叶抒，蜂蝶戏蕊珠。

风生清净乐，提笔画新竹。

无　题

飞鸾越影娱嬉乐，骏马驰疆张裕帮。

王者阵前拼斗志，红尘落幕铁皮祥。

偶　感

赵家四季登科梦，又遇长亭明月闲。

满志诗书怀自咏，好学好路种清廉。

仙客来

古镇入杨家，蝶衣素韵华。

晚霞呈瑞凤，少女自由花。

偶　感

仁术仁心见术学，贞洁贞善育贞波。

李园春色常年驻，和美双鸳十里多。

无　题

杨杰喜来谢华艳，忠德文雅誉清尘。

人心好问知书礼，双子博学节气贞。

乡　吟

沧江百花韵，海棠吐芬芳。

旗山观仙境，玉湖红莲芗。

永德游记

行山如卧虎，桥路绕清溪。

广场飞龙韵，歌笙美景诗。

偶　感

九重千陌锦鳞繁，万古高天幻翠岚。

虎啸徐庄春晓动，龙腾紫气诵华篇。

喜如意

菊饮素何颜？燕和一品轩。

婉言清隐客，文秀巧竹编。

行香子

桃李繁花景如画，一池秀水奥更贤。

文人举笔争先进，杨墨英姿万语间。

无　题

向暖慧文云若雅，青年纵马凤仪香。

一花独放满春晓，诗韵清歌谱华章。

路客翁

灯下蝶兰玉叶鲜，杨林雪影月安恬。

漫游小巷逢人笑，忽见坊街钰品添。

感　怀

风息雾散阳光暖，人境乐康好瑞应。

我爱国旗心印合，管家文礼学正令。

梦

古道幽兰韵婉蓉，旭日杨村蝶落花。

灵山溪水千古悦，秀女童生世芳华。

致董啟芳

一生奋进孔儒志，四海召祥节自坚。

妙女捧花持画戟，护疆守土刻心田。

恋

松下鸟心语，红莲自水清。

好儿杨立强，张舍念书经。

童

清晓放牛去，暮归来叩门。

沉迷百花谷，采蜜为家人。

无　题

桃李新芽旺壮莲，翠竹有愿言青志。

生来心好渡仙缘，薇子善学诗礼义。

西园景

虹霓燕舞梦蝶依，云凤丽人苏小卢。

杨邵功学英武志，玉门业好瑞安福。

彩云家丽

吴笺知奋进，雪藕傲忠婷。

睿智李文客，润花清雅茗。

致赫思陈

细雨闲情三盏酒，柔风笑问紫衫衣。

老周抚字调清瑟，安履忠言有富琦。

侯婉亭

幽谷兰开东来客，吴乡一叶景清莹。

朱门萍聚行学路，靓丽彩虹艳雪婷。

莲　蓉

云端青鸟禧，灵水醉红霞。

一张济世画，安民福利家。

学子心语

龚财荣（傣族）：世界上本没有奇迹，相信我能创造奇迹。

周岩相洼（傣族）：理由少一点，肚量大一点，嘴巴甜一点，脾气小一点，行动快一点，效率高一点，微笑露一点，脑筋活一点，孝心有一点，感恩多一点。

字廷才（彝族）：小步踏进是求识，艰苦奋斗是求知！越努力，越幸运；越自律，越优秀。

何明意（傈僳族）：幸福在身边，我努力我快乐。

李子微（傈僳族）：与其抱怨不如改变，即使不能改变，也要努力适应。

何珊（拉祜族）：收获书中的精髓，绽放美丽的人生！

赵蝶（阿昌族）：与心灵相约，与健康同行。

高乡举（景颇族）：余生与简单相伴！

此里拉木（藏族）：柔情的双手，创造生命的奇迹。

李正艳（布朗族）：笑容见证人生。

王银清（彝族）：没有永远的黑夜，心中有阳光什么时候都精彩。

张红月（彝族）：努力到无能为力，拼搏到感天动地。

杨院芬：守住好心情，开创好人生。

张金邦：愿我努力奋斗，有自己的事业，做自己想做的事。

语帆：愿你不再脆弱，永不假装坚强。你好好的就是我最大的幸运。

吴雪婷：把时间花在进步上。记得所有的开心，忘记一切难过。

董敁芳：你爬得高，走得远，不是为了给世界看到，而是为了看到世界。

卢瑞武：你怕一件事，可还要去做，这是勇敢，愿我的勇敢能够被世界温柔包容。

管国康：生命中有一道彩虹，那就是运动，它让生命丰富多彩。

张佳骏：灿烂星空，请允许我为您祝福。

郭永仙：带着希望努力，带着坚持拼搏。

邵红青：攀登人生阶梯不怕慢，只怕停。

周光曦：相遇是件很奇妙的事，相信幸福花开。

杨蝶：舞台的大幕随时都可能拉开，关键是你愿意表演，还是选择躲避。

李家尧：别把所有的希望和期待都寄放在明天，过好每一个今天才会更有价值。

朱艳萍：为了积累知识而读书，为了求技能而读书。

杨荣：学知识，学技能，学经验，让自己的人生更有价值。

邵丽英：每一天都是新的出发，每一天都是新的开始。

杨先会：一年 365 天，平安留在耳畔，幸福留在心间。

巧画留心语，灵蝶韵故情。

趣味笔谈

园　景

柳絮风飞，画眉斗乐。

紫竹茂华，罗童韵古。

桃红李媚，孙猴戏马。

轻舟浮莲，蛙田蟋声。

情　吟

朝一眼，暮一眼，

一花独放百花林。

翠鸟呼君千里近，

上下咫尺万寸心。

犹未尽，意未明，

生死依依世世情。

你我之身化同体，

相融相生梦仙境。

念

你悄悄走近，我却只顾专注于工作。

一条手机信息，一句甜蜜的问候，似乎成为我每天最幸福的回音。

然，有一天，你默默地离开了。

我方才大悟，是你打开我内心封闭已久的窗户，不断给我带来快乐工作、快乐生活的愿景。

自此，我渐渐地学会孤独、学会心痛。

念，心灵的感受，

念，心底的幸福，

念，一辈子珍重。

红 饭

红椒风干、碾碎、装碗，

铁锅洗净、温油、入椒。

一碗白米饭，少许调料混匀，下锅翻炒。

白饭成红饭，入口香辣甜交融。

一粒红饭一份爱，

一句嘱咐一生情。

红饭是童年的追忆，

红饭是妈妈的味道，

红饭是人生最美好的少年时光。

我在讲台上看你

课堂上的青春，梦起的地方，校园中的你我。

在我眼里，你如杂草丛中一棵姿态优雅的青松，亭亭玉立地守望着暖阳。

在我心里，你如乱石林中一块晶莹剔透的美玉，闪耀着珍珠般明净的光泽。

在我脑中，你如清溪畔盛开的美艳莲花，漫天飞舞的灵蝶，喜迎小雨红莲池中的虹影。

音起：少年行，少年梦。

懂你，人间最美好的是奋进。

诗语：

学府奋进不言悔，守护梦想自由飞。

诗语一卷垂青史，不负青春刻忠铭。

音止，人去。

愿盼，未来有风景，你须一路奋进。

如今，校园有青春，我将原路返回。

自此，各走各路，静看雨中漫步好作诗。

音止，人去。

相信，你眼中有情，心间存爱。

相信，青春不老，但求你的为民初心恒久不变。

相信，今日校园之奋斗将会给你一个漂亮的转身。

我愿背您

“乖乖，走一会儿路好不好?”

“奶奶好辛苦，等我长大了，我背您。”

春日，微风送暖，白云嬉行，草木芳兴，鸟儿歌语。体弱的奶奶背着两岁多的孙子，提上满箩的青白小菜沿山间小道回家。

放下孙子，擦拭了汗珠，奶奶忙于为全家人做饭，孙子欢呼着摆弄起各类玩具。

一分，一日，一月，一年……一分，一日，一月，一年。

“宝宝，走一会儿路呗?”

“爸爸好辛苦，等我长大了，我背您。”

夏日，晴空万里，清泉润物，果实满枝，百鸟欢聚。腹圆的父亲背着两岁多的儿子，提着满箱的礼品踏上柏油马路返家。

放下儿子，入门既见满桌饭菜，等候许久的便是弯腰驼背、拄拐迎孙的奶奶。

如今，奶奶惜老，已无力提起满箩蔬菜，微泪含情地注视幼孙嬉戏。

一个人儿，一句话儿，一生情谊。

春芽自壮少更时，生前孝老当自知。

您的健康是我的心愿

——给妈妈的一封信

妈妈：

一年365天，平安留于耳畔，健康存儿心间。

您给予我生命。一闻啼声知生死，九难成人夙夜公。从小到大，无论何时何地我的健康永远是您最关心的。花有果的责任，云有雨的责任，太阳有光明的责任。每一个生命都是一粒神奇的种子，幸福的母亲拥有一颗火热的心，用自己熊熊燃烧的火点燃我求知、求美、求善的火把。

您给予我青春。心中有光的人，世界都是暖的。回想，童年跟着兄长、外公上山放牛，少年走路上学。记忆里，自小学会烧火做饭、上山砍柴，青春均在采茶农忙中度过。读书时期，常常在火塘边、煤油灯下看书、写作业。从小到大睡的木床硬铺置于土坯牛圈内（一楼关牛，二楼仅以竹编板面隔成卧室），睡梦中牛铃作响、老鼠为伴。实为踏着猪屎成长，闻着牛粪成才。生在农家，长在农村，吃过苦，也挨过饿。在从小学、中学、专科、本科到研究生的学习奋斗途中，求新、求美、求善、求知的我磨炼出“历经挫折而人格不倒，艰难困苦而信念不失”的气质。

青春有梦，人生出彩。从“医院学徒”成长为“村医校医”，从“卫生院医师”成长为“乡政府工作人员”，从“防疫卫士”成长为“人民教师”。几经努力，几经挫折，为实现梦中理想，我努力学习，刻苦钻研。历经村级、乡级、区级、市级不同单位、不同岗位、不同行业、不同职责的历练，一次次超越自我，挑战人生极限，逐渐提升了自身知识素养、道德素养、能力素养、身体素养、心理素养，逐步提高了自身综合素质。之所以坚持是因为心中有梦，之所以奋斗是因为快乐学习。

当学生时，我深知——“健康所系，性命相托。”我明白——“现在，青春是用来奋斗的；将来，青春是用来回忆的。”我更清醒——“无论何时何地健康永远是幸福的主题。”

当医生时，与心灵相约，与健康同行。我立志：“为您的健康而来，您好好的就是我最大的幸运。”

当老师后，我誓要——“用爱传播爱，呼唤爱。愿心灵上为您加油，愿精神上为您你喝彩，更愿为生命健康保驾护航。”

苦是奋进人生的一剂补药，吃苦能补精神、补信念、补品格、补才能，促使人生由苦至甜，走向理想的彼岸。人的一生只有一次青春。如今的我真正明白，现在，青春是用来奋斗的；将来，青春是用来回忆的。

有梦想的人最可爱，能坚持梦想的人最可敬。世间最伟大的莫过于平凡的爱。母爱的温柔、父爱的慈祥、长辈的关怀、真挚的友情和爱情、子女的孝敬，这些平凡的爱交织在一起，就是我们一家子最幸福的礼物。

妈妈，您好好的就是儿子最大的幸运，我好好的也是您最大的幸福。

妈妈，相信，志从苦中砺！

妈妈，相信，美好的日子还在后头！

妈妈，相信，奋进的青春最美丽！

妈妈，相信，坚持终将美好！

注：妈妈不认字，敬谢读信的亲朋好友。

儿子：龚财荣

2019 年 8 月 5 日

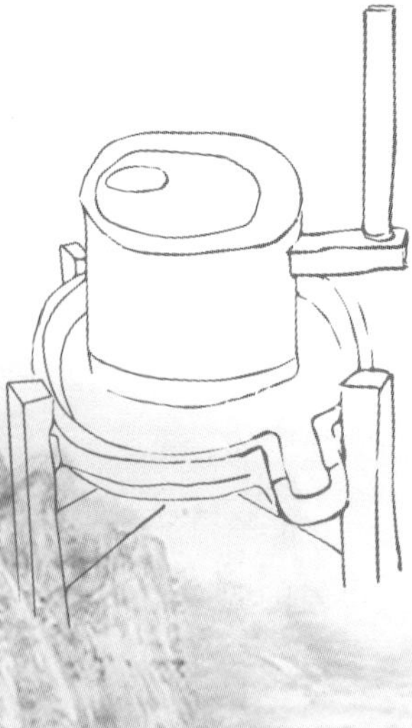

讴歌夕阳红　诗语新时代

——在临翔区老年大学忙畔分校临翔区忙畔街道诗词民乐队揭牌仪式暨2018年重阳节庆祝活动上的讲话

龚财荣

（2018年10月14日）

尊敬的各位领导、各位来宾、各位会员、各位诗友：

大家上午好！

秋香谷满仓，讴歌夕阳红。长情九十九，愿化万年松。今天我们欢聚一堂，隆重举行临翔区老年大学忙畔分校临翔区忙畔街道诗词民乐队揭牌仪式暨2018年重阳节庆祝活动。首先，请允许我代表临沧市诗词协会全体会员对大家的到来表示热烈的欢迎和衷心的感谢！

心中有梦想，灵魂都自由。有梦想的人最可爱，能坚持梦想的人最可敬。工作再忙心不忙，生活再苦心不累。拥有一颗安宁的心，过着平凡而快乐的生活，书写着优美的诗句，创作着优秀的作品，是我们“健康老人、文化老人、时尚老人、快乐老人”最美的幸福。幸福的人们拥有一颗火热的心，用自己熊熊燃烧的火点燃了年轻学子求知、求美、求善的火把。我们的眼睛是带着感情的，我们的作品是带着温度的。我们的一生不一定要干成什么惊天动地的伟业，但在积极创造幸福和享受幸福的时候展开的是一朵花，凝聚的是一枚果。

亲握奋进笔，文书刻忠铭。奋斗是新时代最美的姿态，幸福不是物质的富有而是心灵的快乐。人有心境，诗化意境。诗歌实为心灵之作，是藏在人内心深处的最美语言、源自内心最美的表白，弘扬的是真善美，传递的是正能量。老艺术家、诗友前辈是青年学子前行的力量之源，是人生奋斗的航标。文艺爱好者要以咬定青山不放松的精神、踏石留印抓铁有痕的气魄，创造出有骨气、有个性、有神采的作品。

坚定报国志，深怀爱国情。老干部，是国家的财富、经济社会发展的宝贝，是坚守中华文化立场的“中华风骨”，是传承中华文化基因的“民族翰骨”，是展现中华审美风范的“高风峻骨”，保持着对中华文化理想、文化价值的高度信心，保持着对中华文化生命力、创造力的高度信心；家国情怀做到思想认同、情感认同、价值认同，文艺创作做到以理服人、以文化人、以情感人，优秀作品做到尊重规律、创新方法、注重实效；能礼敬人才、厚待人才、激励人才、服务人才，做到政治上充分信任、思想上主动引导、工作上用心帮助、生活上真情关怀、学习上创造条件；培养一代代青年人成为新时代中国特色社会主义思想的信仰者、忠诚捍卫者和建设者。

虽年华向晚，然岁月沉香。心里有光的人，世界都是暖的。老艺术家、诗友前辈们，以多元、多姿、多态的幸福观诠释着老年人的幸福，展示阳光心态、体验美好生活、畅谈发展变化，融入国情教育，融入生产生活，融入道德建设，融入文化创造，善于从优秀传统文化中提炼题材、激发灵感、汲取养分，创作更多体现中华文化精髓、传播当代中国价值观的优秀作品，讲好了临沧故事，弘扬了临沧精神，传播了临沧声音，为临沧经济社会发展增添了正能量、做出了新贡献；以富有中华智慧、气度、神韵的优秀作品，有思想、有温度、有品质的精彩故事，为弘扬中华精神、树立文化自信、传承民族艺术留下了浓墨重彩的一笔。

伟大的时代呼唤伟大的精神，快乐的生活需要榜样的引领。值此重阳佳节，愿大家，身戴长寿花，健康又幸福！愿大家，一年比一年健康，一年比一年快乐，一年比一年美丽，一年比一年幸福！祝愿所有老年前辈们，福如东海，寿比南山，节日快乐！

谢谢大家！

实施精品战略　繁荣诗词创作

——临沧诗社成立三十周年纪念大会致辞

龚财荣

（2019 年 6 月 23 日）

尊敬的各位领导、各位诗友：

今天，我们热烈祝贺临沧诗社成立三十周年。

首先，请允许我代表临沧市诗词协会全体会员，向各位领导和来自全市各地的代表、诗友们表示热烈的欢迎！向大力支持临沧诗词事业的各级党委、政府及上级主管部门和各界朋友，表示诚挚的感谢和崇高的敬意！向广大诗人、词家、诗词爱好者致以诚挚的敬意和亲切的问候！

1989 年 6 月 23 日，临沧诗社在临沧成立。三十年来，临沧诗词事业的蓬勃发展得益于各级党委、政府的高度重视，得益于社会力量的大力支持和广大诗友的无私奉献，得益于诗词人才的培养和诗词创作水平的不断提高。如今，临沧诗词发展形势喜人，受到国内外诗词爱好者的普遍赞誉。

中华诗词是中华民族文化的精髓，有着悠久而辉煌的历史。三十年辛勤耕耘，临沧诗社从无到有，从小到大，一路走来，很不容易，成绩可喜，感慨良多。今天，临沧诗社已成为中华诗词学会、云南省诗词学会会员单位，日渐壮大的诗词创作团队，创作出了许多具有民族风情、脍炙人口、催人奋进的诗词作品。三十年来，临沧诗词已成为歌颂时代、歌颂改革、歌颂新人新事及英雄模范的一种心声，既弘扬了优秀传统文化，又传播了真善美，既讴歌了正能量，又丰富了广大人民群众的文化生活。

灵山秀水抒诗雨，锦绣华章正当时。每位手握奋进之笔的诗友要知道，人生最好的作品，就是自己。要知道，不是一件事改变了一个人的一生，是一个人做一件事去改变自己的一生。创作诗词精品始于梦想，基于创新，成于实干。真诚希望各位诗友用好手中的诗笔，发出时代的最强音，弘扬爱国奋斗精神，建功立业于新时代，更好地构筑中国精神、中国价值、中国力量；更好地讲好临沧故事，传播临沧声音，弘扬临沧精神。

今声古韵吐新枝，千年诗坛心自留。文化自信是一个国家、一个民族发展中最基本、最深沉、最持久的力量之一。新时代，临沧诗社将用中华优秀传统文化之光照亮青少年的心灵，我们将在未来十年、二十年、三十年、五十年甚至于上百年，坚持正确的政治方向，增强文化自信，积极探索培养诗词人才的有效途径，大力发展省级、国家级会员，打造一支有智慧有才情、敢担当敢创新、可信赖可依靠的新时代诗词创作队伍。适时开展讲座、读书会、采风、培训等形式多样的交流活动，强化诗词研讨和对外交流，力争创建“诗词之市”“诗词之县”“诗词之乡”和“诗教先进单位”。

江山留胜迹，我辈复登临。伟大的时代呼唤伟大的文学家、艺术家。诗社是我们诗词爱好者的家，更是我们诗词爱好者的根，需要大家用心浇灌，真情奉献。真诚希望各位诗词创作者不忘初心，牢记使命，弘扬中华精神，树立文化自信，传承民族艺术创作，把艺术理想融入党和人民的事业之中，做到胸中有大义、心里有人民、肩头有责任、笔下有乾坤，创作出更多反映时代呼声、展现人民奋斗、振奋民族精神、陶冶高尚情操的优秀作品。

学校传统文化教育的思考和实践

摘要：传统文化是一个国家、一个民族的灵魂，是文明传承的希望，是素质教育的载体，是求实创新的源泉。结合校园师生和家长的工作、学习、生活实际，利用“互联网 + 传统宣教”的方式，深入开展“感国土恩，感父母恩，感师生恩，感大众恩”等文化活动，让大家近距离接触经典诗文，了解经典故事，接受中华优秀传统文化的熏陶，让优秀传统文化的种子根植于青少年学生心间，激发他们的民族自豪感和爱国主义情思，对推进社会主义核心价值体系建设，发展校园文化、班级文化、家庭文化具有现实的指导意义。

关键词：传统文化　实践　思考

中华传统文化是世界上最古老的文化之一，是中国 5000 年优秀文化的统领，是中华民族历史上道德传承，各种文化思想、精神观念、生态文明成果的总和。中华优秀传统文化多元融通、和谐包容、底蕴浓厚，始终是中华民族的思想源泉、力量源泉、快乐源泉。弘扬中华优秀传统文化须注重送文化与种文化并举，注重心灵与精神并举，在日常教育教学中，将零碎、枯燥的古诗词等文化知识，具体化、简单化、规范化、形象化为“感国土恩，感父母恩，感师生恩，感大众恩”四方面的经典故事，利用图文视频，结合新时期青少年心理发展特点，充分运用“一号”（微信公众号）、“一课”（微课）、“一会”（主题班会）、“两群”（QQ 群和微信群）四位一体的“互联网 + 传统宣教”的方式，全方位、立体化、直观化、科学化地培养师生和家长亲近经典、热爱经典、感悟经典、传承经典，写成佳作、创出精品的人文素养。

1 诵读经典，激发学生的学习兴趣和热情

少年强则国强，青年有火一样的激情，青少年的思想道德、文化素养、专业技术、理论知识、精神状态关系到国家的未来、民族的希望。中华民族是一个热爱诵读优秀传统文化经典的民族，诵读经典应成为所有人感情、思想和精神的一种滋养。从孩子开始，从青春开始，以教师为主导，以学生为中心，以家长为支撑，开展以“书声琅琅，全员阅读”为主题的文化经典诵读活动，弘扬主旋律，放大正面声音，让诵读经典成为最美丽的校园风景线，是加强青少年道德建设和培养民族文化精神的有效途径。笔者通过活动，将 60 名学生分为背诵、朗读、默读、诵读四组，轮流学习四书五经、唐诗、宋词等传统经典，通过 QQ、微信、微课等方式进行交流，并对同一内容、同一环境下的同一年级、同一年龄段青少年学生掌握传统经典的效果进行了分析、研究、比较和评估。结果显示，诵读经典能促进青少年学生养成良好的学习优秀传统文化的习惯，能有效提高读写能力，夯实文化底蕴，陶冶道德情操，达到“以文化育德、以文化启智、以文化塑美”的目的，使诵读经典真正成为青少年学生的自觉行动和生活需要。

2　丰富活动，树立传承优秀文化的信心和勇气

2.1 深入开展“读好书、好读书、书好读”系列学习活动，弘扬优秀传统文化。要求教师制订学习计划，选准学习内容、保证学习时间、规定领学人员，要求青少年学生坚持原原本本学、对照先进学、集中培训学、撰写心得学等，对家长采取“寄学、送学、补学”等方法，做到贴近实际、贴近生活，向先进学习，向典型靠齐，着力推进社会公德、职业道德、家庭美德、个人品德建设，凝聚共识、加油鼓劲，全力弘扬真善美，传递正能量。

2.2 继承和弘扬中华民族“孝老爱幼、尊敬师长、勤俭节约”的传统美德，树立“感恩你我、幸福大家、节约高尚、浪费可耻”的理念，增强优秀文化培养意识，注意在日常中节约每一滴水、每一度电、每一张纸和每一粒粮食，并带动家人及周围的人积极响应，身体力行，做弘扬中华优秀传统文化的文明人。

2.3 以“内强素质、外塑形象、热爱传统、文化共享”为主题，开展节气和传统节日相关活动，让青少年学生了解传统礼仪、民俗、饮食、养生等中国文化，增长知识、牢记祖训、传承家风、弘扬文化。比如开展春节送孝心送文化、清明祭英烈祭祖先、五一知劳苦知成果、六一少年强少年梦、七一心向党报党恩、十一敬国旗知礼仪等文化活动，能较好地培养青少年学生积极、健康、向上、欢乐的生活情趣。

3　创造环境，增强校园与家庭的有效沟通与协作

创造良好的社会道德、文化环境是青少年优秀传统文化教育的必要条件，是一项长期和系统的青少年优秀传统文化教育工作，需要全社会的共同参与和努力。新时期，新潮流，教师和家长要紧跟时代步伐，探寻弘扬优秀传统文化的蓬勃发展环境，遵循优秀传统文化教育的内在规律，探寻一种由家庭、学校、学生和社会共同参与的适合国情、省情、市情、校情、家情的教育模式与教育方法，努力把青少年培养成弘扬中华优秀传统文化的继承者、传播者、践行者，提升他们的归属感、温暖感、幸福感。

4　敢于探索，发掘学生的原创力，发现较好的传承方法

人的力量在心上，文化的力量在精神上。弘扬优秀传统文化为推进社会主义核心价值体系建设、推动社会主义文化大发展大繁荣提供了有力的思想保障 、精神力量、道德滋养和文化条件。在弘扬中华优秀传统文化的实践和思考过程中，教师们须不断学习优秀传统文化理论，努力充实自己，强化优质文化精神产品的供给，创新活动内容，创新话语表达，创新传承途径，创新宣传方式；须培养学生的理解、领悟、运用能力，在思路上勇创新，在重点上寻突破，在“变”字上做文章，在务实上求成效。比如开展“礼仪校园、道德家庭、诚信社会”等活动时，真正把开展活动的过程变成青少年学生育德、育智、育礼的过程。提高师生的人文素养，既培养了师生的气质，又提升了师生的文学修养。文化是精神内核，应加强优秀

文化熏陶，增强青少年学生的民族自豪感，培植民族精神，建构正确的人生信念，发现身边的善于弘扬优秀传统文化的原创人才，挖掘有才华的校园文化写手、校园文人，汇聚传承精品，培养一批大胆探索，锐意进取，拥有高尚的情操、良好的涵养、坚强的意志、强健的体魄、敏捷的头脑和丰厚文化涵养的志愿者。

学高为师，教师要安于教育，乐在传承。结合学校良好的人文环境，融合家庭良好的文化修养，身体力行，引领青少年学生和家长做“爱人知仁，仁人可敬，弘扬文化，传承文明”的倡导者、组织者，实践者。经过历练，让青少年学生变得更有礼貌、敬师长、爱同学、懂感恩，给广大群众送去白衣的温暖、天使的大爱。

结　语

奋进之笔

读书万卷，行路万里。

读书改变命运，读书成就未来。每个人都应该把读书作为一种生活习惯、一种工作方式、一种精神追求。爱读书、读好书、善读书，从经典文化中坚定理想信念，从多领域的书籍中开阔思维视野，用优秀传统文化知识丰富精神家园，提高素质修养，愿活到老、学到老。

立德树人向未来，好好读书为明天。每个学子要坚持用“政治理论+方针政策+法律条例+规章制度+专业知识+业务技能+创新方法”来武装头脑、推动工作、指导实践，做一肩担为民务实清廉、一肩挑忠诚干净担当的奋进者。坚持高标准、严要求，以身作则，做思想上纯净、身体上干净、行动上洁净的奋进者。努力培养个人品格，塑造个人形象，提升个人价值，争创一流服务，创造一流业绩，做信念过硬、政治过硬、责任过硬、能力过硬、作风过硬的奋进者。

读书是一个人一辈子最有价值的投资。善做勤奋好学的读书人，弘扬真善美，传递正能量，用自己的一言一行感染、教育、引导身边人微笑读书、快乐学习、孝敬父母、感恩家乡、感恩家人、感恩亲人、感恩朋友、感恩社会。当好“心向共产党，心向新中国”“知忠、知孝、知仁、知勇、知信、知廉、知德、知礼、知法”的奋进者。